# 眼球愛地球 力捧
# 最New偶像天团

傑尼斯也說害怕!

## 福祿壽

# 一切都是命哦？

以前命理老師都說我命会很好，

怎麼到現在还是覺得奄坎坷的啊！

福祿寿啦!

本書文字不論直式橫式
都是從左到右看哦！甘温♥
我有閱讀障礙吧？
还有面对許多的小插图也不要害怕！慢慢看哦！

# 福祿壽

眼球先生
圖.文

## 有粉難嗎？

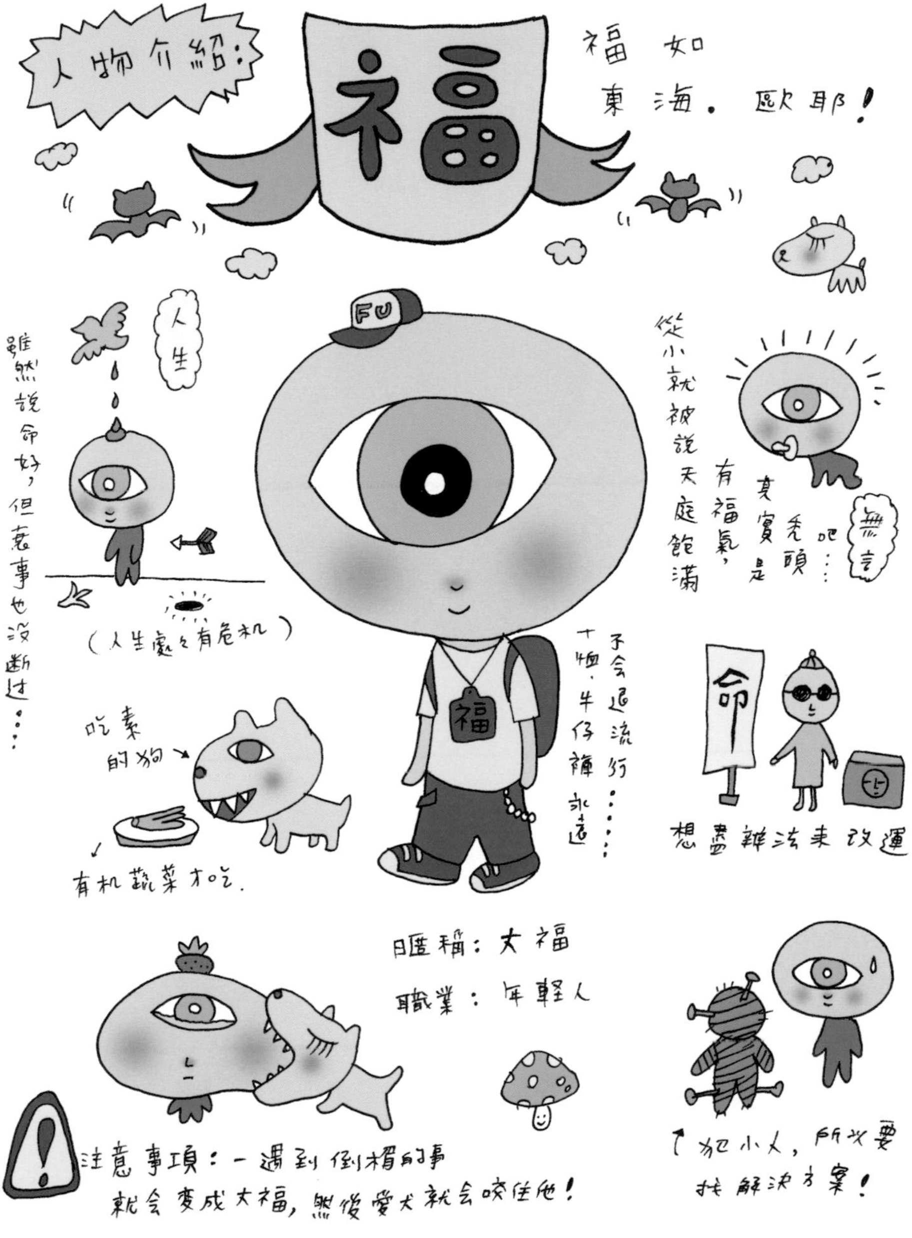
人物介紹：
福
福如東海，歐耶！
FU
人生
雖然說命好，但衰事也沒斷过……
（人生處々有危机）
從小就被說天庭飽滿有福氣，
其實是禿頭吧……
無言
福
不会退流行
T恤、牛仔褲永遠……
命
想盡辦法来改運
吃素的狗
有机蔬菜才吃.
暱稱：大福
職業：年輕人
注意事項：一遇到倒楣的事
就会变成大福，然後愛犬就会咬住他！
↑犯小人，所以要
找解決方案！

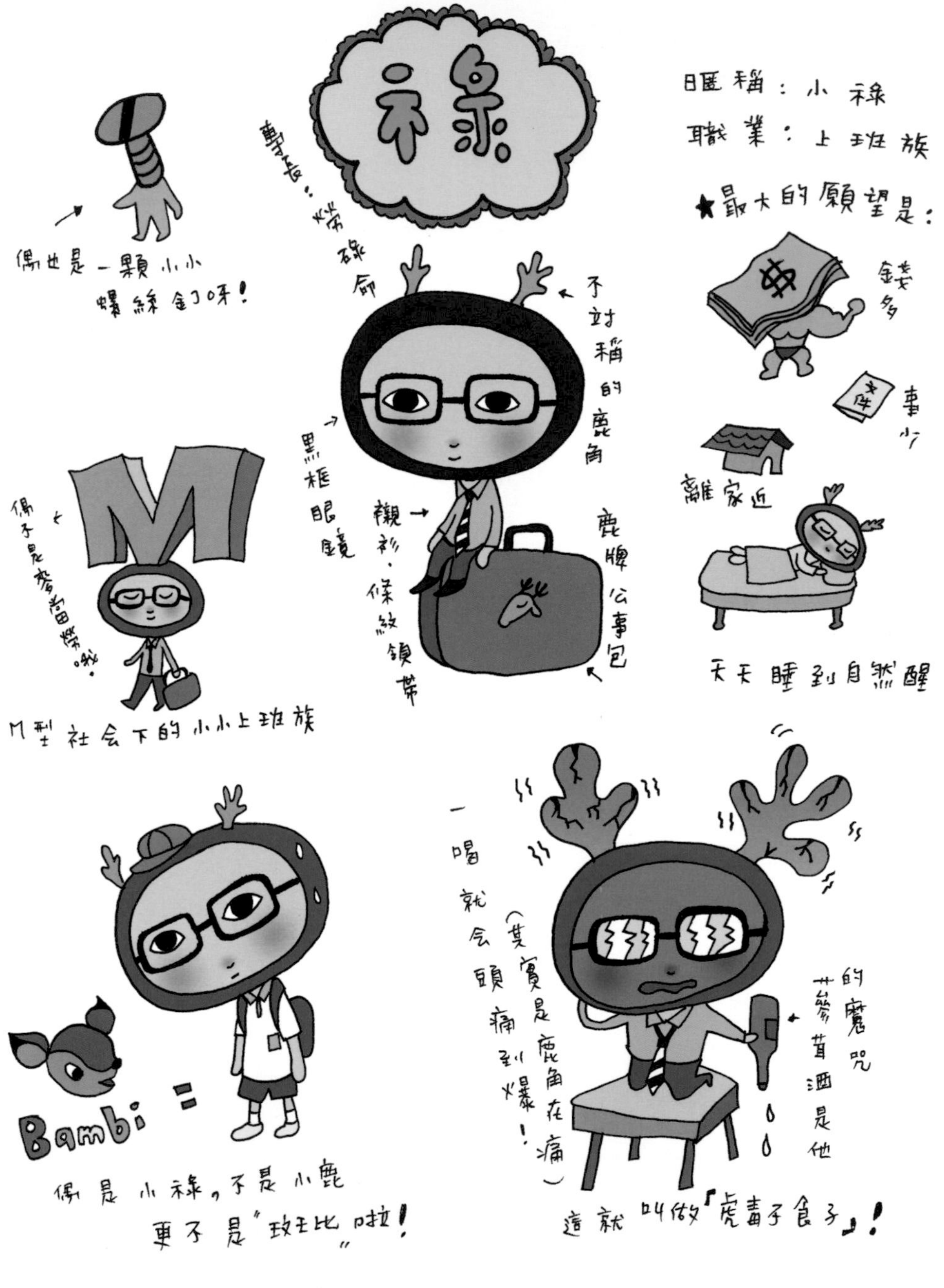
祿
暱稱：小祿
職業：上班族
★最大的願望是：
錢多
事少
離家近
天天睡到自然醒
專長：勞碌命
偶也是一顆小小螺絲釘呀！
不對稱的鹿角
黑框眼鏡
襯衫．條紋領帶
鹿牌公事包
偶不是麥當勞哦
M型社会下的小小上班族
Bambi =
偶是小祿，不是小鹿
更不是"斑比"啦！
蔘茸酒是他的魔咒
一喝就会頭痛到爆！
(其實是鹿角在痛)
這就叫做『虎毒不食子』！

壽跟瘦
誰比較重要?
壽
~壽比南山~
暱稱：阿壽（粉愛吃飾）
職業：應該是学生?
特色：愛吃、愛漂亮、
中性裝扮
雌雄莫辨
（現在最流行的勒!）
偶都敷2-3小時!賺到。
包裝上說面膜又要5-10分鐘，
偶要成為長命百歲
又永遠看起來幼齒的妖精
壽桃了解我心意
吃、吃吃、偶要吃遍
大江南北，偶要瘋狂
的吃，然後又不會胖!
电視裏
偶都要照著做。
說得粉有道理……
我才叫阿壽，拜託
別盜用我的名字

# 大福的遭遇

小祿的告白 →

# 阿春的故事

FU
福
命
童叟無欺

要改名嗎？我OK
Fu
大福
福
吃素口以嗎？
驚
Fu
福
還是要買開運小物
不知道哪個法力強？
開運紅內褲
其實它粉貴，也不小
風水粉重要囉！
你家怪怪的吔

福壽保嗎?
不要再問偶了啦！要素偶那麼神的話幹麻還要在路過擺攤呀？你馬幫幫忙！
命

我是命運之神
你問的這個問題…糗。
我自己也搞不懂
購疑猜?

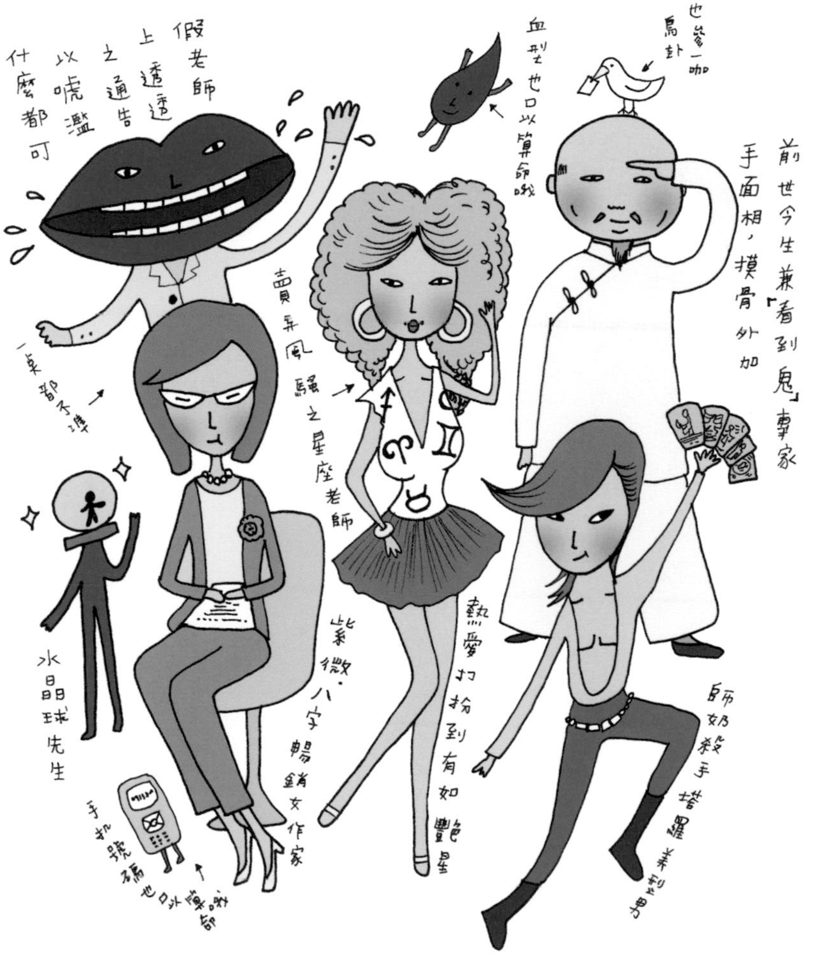
假老師上透透之通告以唬濫什麼都可
血型也可以算命哦
也參一咖鳥卦
前世今生兼「看到鬼」專家
手面相，摸骨外加
賣弄風騷之星座老師
一桌都不準
水晶球先生
紫微、八字暢銷女作家
熱愛打扮到有如艷星
師奶殺手塔羅美型男
手机號碼也可以算命哦

他不給問，偶們給你問！

為何那麼喜歡捉弄我？

我不願向命運低頭，但命運之神

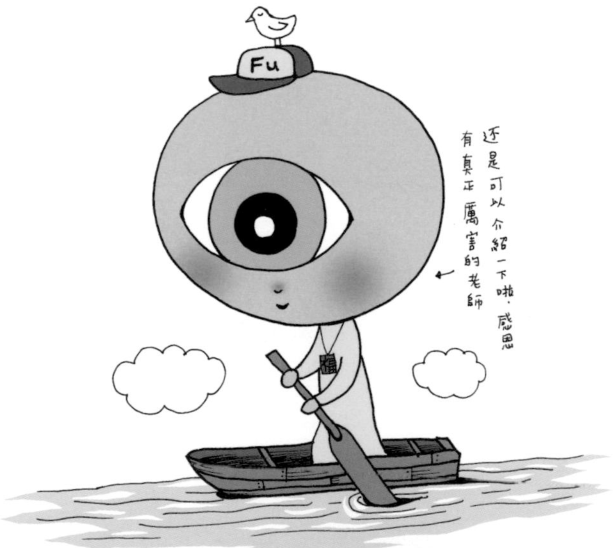
Fu
还是可以介紹一下啦，感恩
有真正厲害的老師

我想 我還是充實自己

努力工作，多做善事，比較實際，呵！

# 再鐵齒，還是会想算命

每次聽到有厲害的老師

耳朵總是豎起來，心跳加速

聽到好的很開心

聽到壞的很擔心

重点是,後來準的並不多……

感情不順

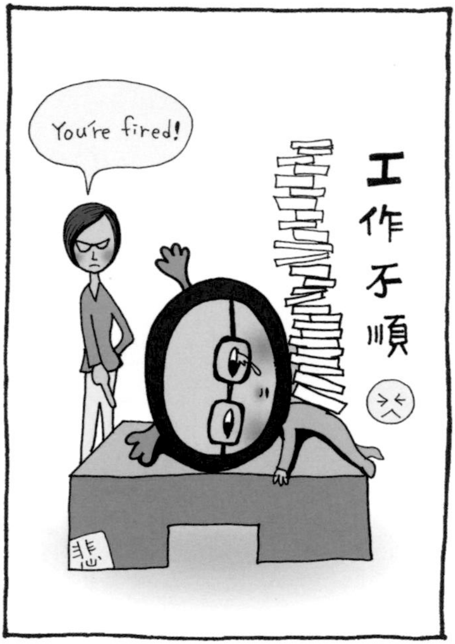
You're fired!
工作不順
悲

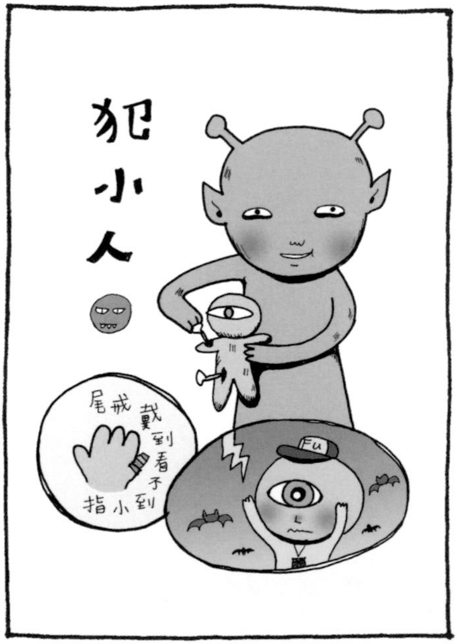
犯小人
尾戒戴到看不到小指

衰事不斷

# 有時候知道太多反而不見得是好事.

FU
2007
2010
2015
2020
2035
萬一知道明天会中樂透 今天鐵定睡不著
我不想知道哪天会死掉…
老公偷吃了(離題) 早知道我就不抓奸啊！
知道愈多 反而擔心愈多
活在當下 才是最真實的

記者為您採訪到会說出「活在當下」的這隻神鱷，以及他的飼主
GNN
他是我們這裡面最上進的一隻鱷魚，吃全素！
鱷魚大王
『活在當下，不悔惱過去，不擔心未來』
這些都是跟上人学的，甘温！
原來是師兄
你嚇到我了
上進的鱷魚

沒想到 我的人生觀
是向一隻鱷魚学習的.
(真是 人不可貌相)

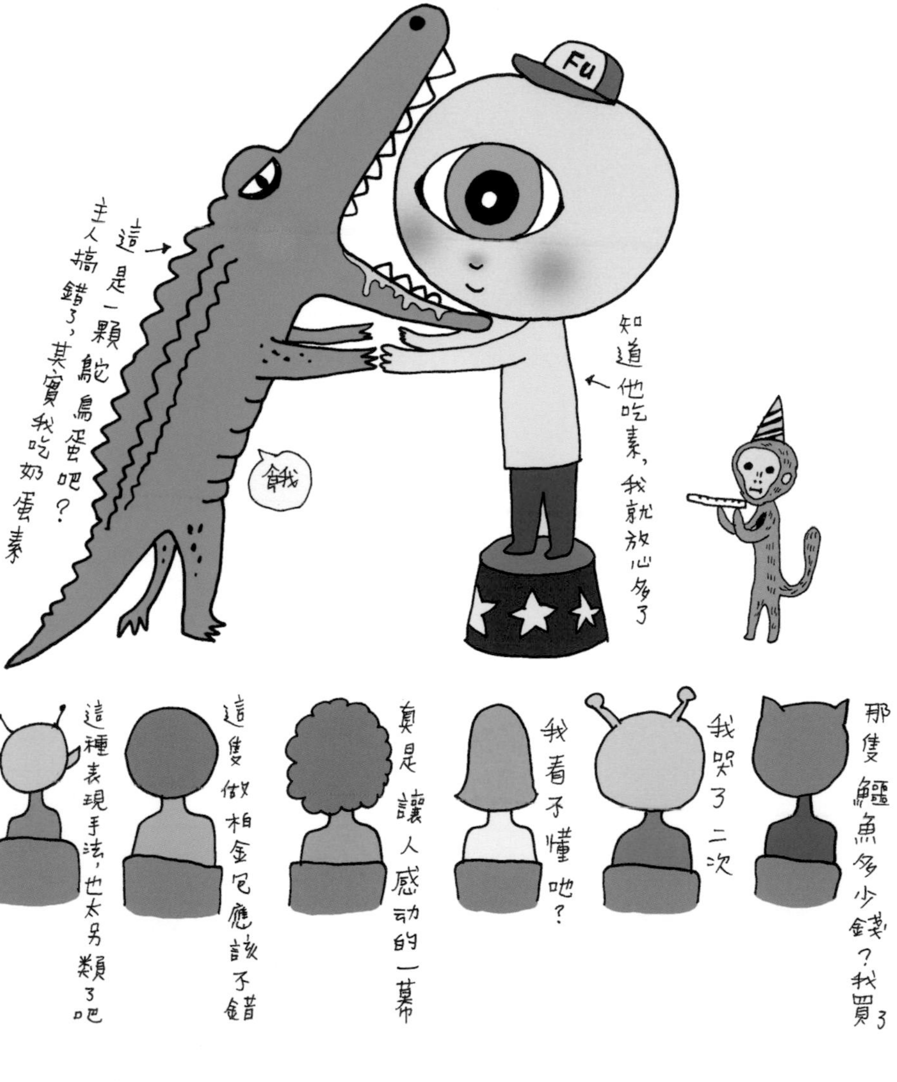

# 你海角七号了嗎？

## 所以這部电影是不是要告訴我們

## 不要放棄夢想，因為下一個翻盤的很可能是自己。

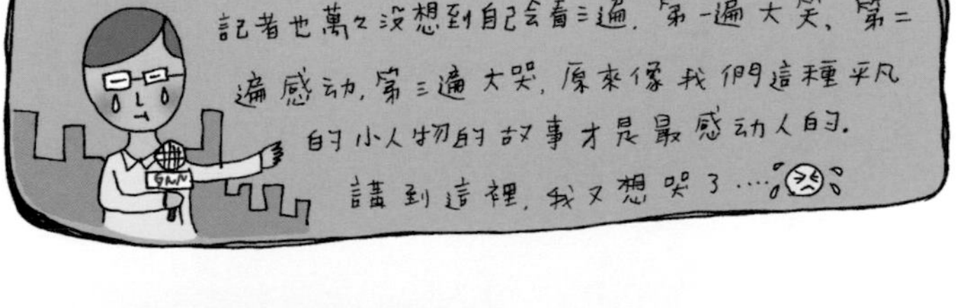

朋友聊天、必定要出現的話題
我看三遍了
不看很難社交
連老人也愛看
你看过海角七号了沒？
沒看过感覺像是外星人⋯⋯

各旅行社紛紛推出
海角行程，拍片場景走透透
行程3：女主角的家
下一站去茂伯家
海角旅行团
海角七号 朝聖团

海角七号
CAPE NO.7
踩破很多眼鏡
電影院前大排長龍買票的隊伍，竟然是衝著國片而來，真是百年難得一見！
最新全民運动

電視新聞、報章雜誌
每天必有相關報導
網路上更出現許多完全不相干的商品，
大家都号稱是海角七号款，傻眼
好像全宇宙的東西都跟海角七号有關！
体香劑、大陸茶葉、針孔攝影机
滿月餅、肉罐、哆啦A夢拼圖
⋯⋯千奇百怪的東西都是海角7号？

# 三不五時我会想這件事

就算見了面
也熱絡不起來了吧!

中英对照
朋友權威
全年無休
24H
WELCOME
牛肉麥面
為了全方位的報導
記者特地在颱風天，冒著生命的危險為您採訪到知名的「朋友權威」咪咪老師！
GNN

Long absence changes friend
中譯：久別朋友變
Long absent, soon forgotten.
中譯：久別情疏
據說他的偶像是「想太多」裏的粉愛吃
friend
穿這樣，到底是医生还是老師呀？費疑猜？
國際知名朋友權威
★咪咪老師★

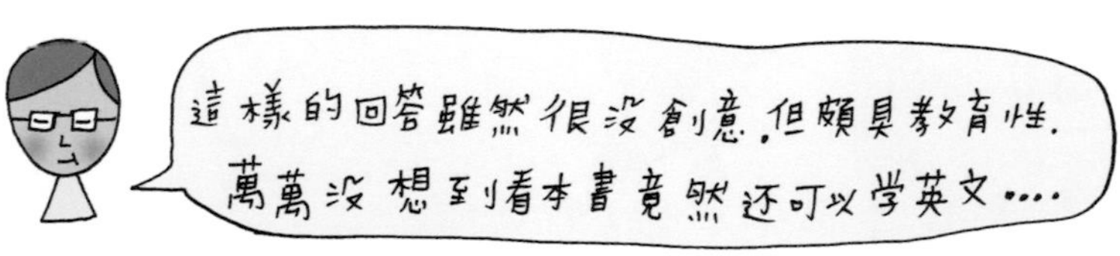
這樣的回答雖然很沒創意，但頗具教育性。
萬萬沒想到看本書竟然还可以学英文....

# 去唱歌会發生的事

你常去KTV唱歌嗎
KTV
你也很害怕這種人嗎?
怕·怕…
不放的人
一直緊抓麥克風
從頭到尾,
偶的演唱会
唱出一片天!
明明是一起出錢,有人卻狂笑狂吃狂唱
害羞
一回生2回熟啦!
為什麼有那麼多陌生的朋友出現?
不是說都是熟的兩三個嗎?
突然冒出鹹豬手!
來啦!一起唱!
我不是傳播妹啦…
我也會唱
一起唱囉!
我想獨唱啦……
每一首都要跟你合唱的不速之客!
205
服務生一直猛出現!
偶又來啦……

老歌新歌都OK
當桌唱机
偶負責
你們就專心唱吧
偶負責吃
當酒家女
偶負責
High
福
E
偶負責拍手
氣氛
偶負責炒熱

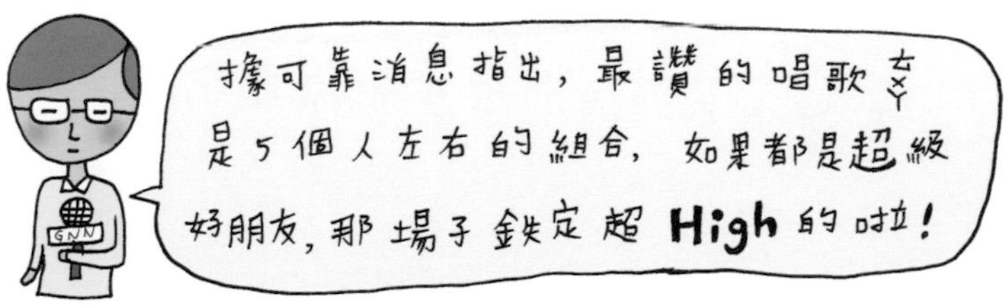
GNN
據可靠消息指出，最讚的唱歌ㄊㄟ
是5個人左右的組合，如果都是超級
好朋友，那場子鐵定超High的啦！

# 其實我都沒在过生日

總是參加眾多好友生日趴的我，

其實自己的生日總是裝沒事的度过……

唱歌趴永不退流行
什麼理由都能唱
不唱的只能來發呆

扮裝生日趴最近超夯
HAPPY Birthday
我一直都在扮熊
超討厭扮裝的，很花錢

吃飯生日趴最常見
有時候大方的壽星会自己請客，賺到
有夠沒創意

敬老生日趴，超有創意
太KUSO了吧？
生日要做好事
有人辦過嗎？

參加了那麼多朋友
的生日趴之後，
突然有一種感結……

這世界上應該有更多人
跟我一樣，無聲無息的
讓這一天 平淡地度過
就像是其它的每一天.

# 你也不喜歡自己的星座嗎？

為民服務
户政事務所
老闆，請問可以改星座嗎？多少錢？
……
無言＋無奈
改名事員
林大同
FU

# 我不是要這種髮型啦！

每次企那種号稱有「設計師」的店剪頭髮…
同鞋，要怎樣的感結？
聽說很多設計師都用
的穿著來虛張声勢
只要修一点点就好了哦！
雖然是溝通过了，心裏还是毛毛的，有種不祥的預感……
溝通了半天，最後都
不是之前說的啦！
OK，這就是你要的感結啦！
根本就是剪他自己喜歡的樣子…
呀
這哪叫一点点！
偶沒臉見人啦

怪不得有一種鬼，会把自己的頭拿下來sedo
原來是這個原因哦
偶懂了！

怕怕
還是自己最了解自己適合什麼髮型！
……我也很在意自己的髮型.

# 又買了一堆沒在看的書

每次企書局,都貴忍不住買一堆書

自以為粉有內涵地帶它們肥家.

可是最後呀.很多書都沒看完

甚至發現有連包裝都還沒拆的書吔!

# 你家的狗也会這樣嗎？

是同一隻狗嗎？聽說很乖
礼盒
對陌生客人ㄉ不喜歡的人狂吠

不理我，我就給你好看！
不爽時就尿在明知不能尿的地方（找死）

FU
自以為是人想上桌吃飯
真是的吃飯也不叫一下！
疑似環保竹筷

最丟臉的莫過於会巴著女性友人的腳，大逞獸慾！

# 我們都在為生活努力嗎？

我們大家都是為著
生活努力
的人嗎？
还是其實
你並沒有！

福
怕怕！
幹麻這樣，
蛋糕的吔，
偶只是來吃
無言以對……
努力是一定要的啦，可是成功真得粉難捉摸吧？

場子都被你搞冷了啦！
問這麼嚴肅的問題，
討論嗎？
偶是畫中仙，也可以參予

想去的地方？
卻始終到不了
明明我就很努力
可是為什麼
我是啊！

Fu
福

其實我沒有自己想像中的好

女面痣圖
Fu
福

男面痣圖
剋母
白虎
妨父
清高
富
不宜外出
天
田宅
貴
吉
吉
田宅
官
富
富
吉
夭厄
剋妻
散家
妨子妨母剋女
妨子
損妻子
妨父
凶
傷妻
官灾
凶
妨男女
妨妻子
少子少財
得財
聰明
聰明
聰明
聰明
壽
聰明
凶
凶
凶
疾
破
口舌
聰明
刀兵亡
貧
壽
貧
貧
養丁
口角
福
無財
貧
衣食足
水厄
吉
吉
聰明
酒凶厄
酒食

# 工作是我的興趣嗎?

忙著聊天
msn....
忙著打混
ZZZ
克補
成功
拼
加油
忙到自以為是公司老板
公司上上下下大大小小的事都忙

那種世界無敵宇宙忙
連假日也不放過的
晚上兼家教
半夜再網拍
下午擺地攤
PEACE
成功
羊奶
2009
要得最佳过勞獎嗎？
子玩会鬱卒
人生嘛！
得过且过

奇怪？我明明是個

熱愛事業的工作狂……

我討厭這樣的自己
我很想改变
比忙碌的意義
懷疑　自己如
前進　我開始
成就都以龜速
不論有多拼
像個勞碌命
我好像比較
現在看來

# 你有週一症候群嗎？

其實是從星期天晚上就開始了啦！

星期天…
當天色漸々变暗
笑！笑！笑！笑！
心情就開始
愈来愈糟…
只有枱灯了解我心意…
星期一
早上起来
感覺自己生病了
啦…
是那個来了？感冒？還是頭痛？
一定要請病假！
悶
年輕人‧沒凍頭
企上班
就算勉強
傷想家
沒元氣…
也渾身沒力
慘！

Blue吔，怎麼會這樣？
咦？除了周一之外，其它天偶也
会起Blue啦
有了它，想法
Blue牌小鹿角
遠看近看都Blue
Blue牌目鏡
插电
樂曲，免
会放出Blue的
Blue牌音响
隨傘附贈小烏雲一朵
Blue牌小雨傘
走路会变慢
Blue牌皮鞋


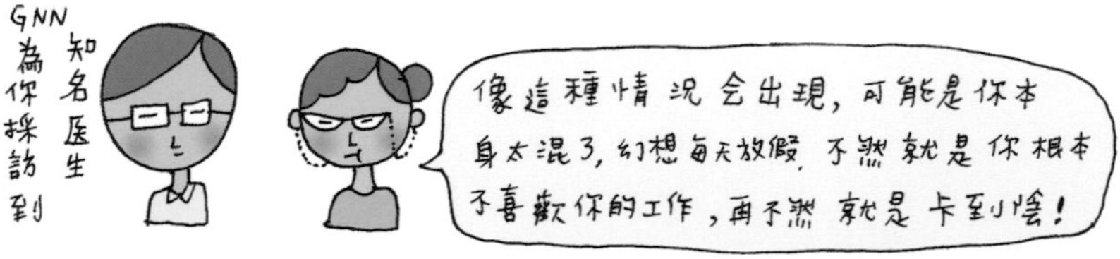

GNN為你採訪到知名医生
像這種情況会出現，可能是你本身太混了，幻想每天放假，不然就是你根本不喜歡你的工作，再不然就是卡到陰！

其實我粉想一個人靜一靜...
上班族怎麼那麼喜歡集体行动呀........
(学生也喜歡)
......我也不喜歡

總是要大家一起配合团購，其實我一點都不想買....
团購
打8折
团購的好康哦！
我又發現另一
下班還要約吃飯.唱歌....
office
第一時間先閃的我，还是被同事抓包
每天都要發生一樣的情節
少冰.去糖、珍奶.中杯
3點一到就要開始點飲料外送，有那麼渴嗎？
中午想一個人吃飯也粉難！
一起去吃啦
邊吃邊聊呀

你們有聽到偶內心的呼喚嗎？

其實，偶超渴望口以跟你們一起集体行動

人緣極差的主管告白

悲

（註定孤獨一生的言論）
好歹的年輕人！
主管吔，不知
一咖，老娘是
下次記得參我
的空間啦！
還是要有自己
都像連体嬰
得不要天天
偶還是覺
（小团体的假合群先生）
还是会搞
的大家庭呀！
才是感情好
集体行動
不舒服……
的要私人靠墊跟自備拖鞋，
还是很愛耍大牌
呵呵……（冷笑）
根本沒有這種煩惱
像偶失業中哦，

# 你也有這種損友嗎？

不知道是第幾百個下次了……
剛好沒零錢，下次再給你囉！
↑故作鎮定·裝沒事
我出的
這位也是

沒有啊．其它人我也都這樣吔！
751
我跟你有很熟嗎？為什麼每次都要我替你墊錢？
中午吃飯
吃飯時間故意去廁所……
買飲料
每天都会発生
巴克
坐計程車
假裝搭便車
同事的紅包
百年好合
大失血

避免出現在有些人的場合。
向他借錢，反而喊窮。
一催到向他討，他直逼。
愛の護理站
GNN
GNN記者為您訪問到「人際關係」專家
手術刀
推這種車子，裝肖維！明明是心理医生，幹麻
2009
這些我都試過，沒效吧？

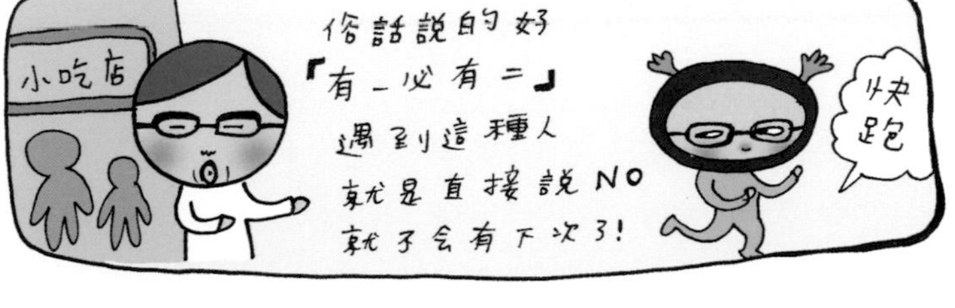
小吃店
俗話說的好
「有一必有二」
遇到這種人
就是直接說NO
就不会有下次了！
快跑

# 毛の物語

眼球小祿著

頭毛是全身上下最重要的毛，也是最多的毛！少一點都不行！
睫毛長也会美丽
没有眉毛会像外星人
鼻毛可以隔離灰塵，有保護作用，但是不小心露出來就很丟臉。
鬍子留得好就很酷
胸毛外國人很多，有人說很性感，有人怕怕！
女生有手毛会怪怪的！
手毛沒什麼厲害
秘
吼
這裏的毛說實在醜醜的，但是一沒有就会被笑是「白虎」！害羞。
腿毛多也有人說性感
男生完全沒腳毛也会怪怪的哦！

# 腋毛的小小心事

誰來告訴偶，腋毛到底是長來幹麻的呀？又不美觀，也沒有任何作用，躲在胳肢窩，不会覺得不好意思嗎？

※註：胳肢窩，就是腋下的意思。

內藏針孔攝影机
呵！「腋毛有美嗎？」這不過是個小小上班族的幽默感，別太認真啦！
四眼田雞，不要給偶踩綫，跟「美」有關的題材都是本倫管的啦！不想活了呀
故作鎮定
其實腳在抖
找徵信社錄音，
有氣勢
隔天，這兩個卡通人物竟然
相約在外面談判，超瞎！

社会寫實倫理悲情鉅片
無碌用的人
腋毛人領銜主演
不要給偶打分數
啊！天公伯
事情不是你們想的那樣，事到如今．我又能說．一切都是命！

孤單
茫茫人海中竟然沒有我腋毛的生存空間

咦？腋毛不見了
如果一輩子都不再出現更讚啦
算了，我走好了
我要讓你們後悔一輩子！！
不歸路
是失散多年的大哥嗎？

眾毛的抗議
害羞的毛
我保持沈默
你癈話很多吔
還打悲情牌！
抗議
EYE
頭毛覺得你想太多！
你一個腋毛占那麼多篇幅幹麻啦！
鼻毛道長
不予置評
很瞎吔你！
…腋毛要不要離子燙
這樣會不會好一點？

# 辦公室戀情，怕怕

可疑?
是日久生情嗎?
天天在一起的同事
總是会不小心來电!
鬼鬼祟祟
想把我
Office
剛開始一定要很小心,
對外一律極力否認.
終究還是会被發現!
當然百密必有一疏
真的公開了,就成了大家
茶餘飯後的最佳話題啦!

好的時候

同事也太太太…關心了吧！

萬一不幸分手

通常都只能留一個活口……

其實我心中多麼希望跟
公司裏的小帥哥來場姊弟戀
我不在乎別人的眼光啦！愛

所以說，辦公室戀情真得很
很？看嘸！

# 糟了，我不会唱歌

遇到心儀的對象，在KTV的場合
歌喉超差的我該如何化險為夷!?

找人一起合唱
模糊焦点
破
最好找比自己唱
得更差的人合唱
效果加倍
哥倆好
故意唱不好
找一首超白爛又耍寶的歌
藉由俏皮的裝瘋賣傻
讓大家忘記歌曲的存在
点超冷門的歌，唱錯也沒人知道
先把自己唱到掛，再找時間練歌
反正唱醉
唱歌本來就
容易走音
好man哦
充分流露真性情⋯⋯

成功打造自己虛幻的形象
今天唱歌的那個同事蠻可愛的,
可是,怎麼完全沒印象他唱了什麼
(依然期待未來男友是唱將的女子)
作者也太混了吧,連五官都不幫我畫

# 試了很多方法，最後還是選擇「不去唱歌」以策安全，避免露餡

洗澡時唱歌
会有回音，瞬間歌唱
實力大增（假象）
在房間裏偷偷練唱，
練的時候也覺得唱得不錯啊！
沒救了
騎車的時候，也是練唱
的好時机，開心♡
同時尋找可以唱到起
「雞皮疙瘩」的歌曲…
怎麼每一首歌
都有假音啊？
找麻煩！（氣）
歌譜
看選秀節目
歌唱比賽，也
是方式之一
教学相長……

# 網路沒真愛啦

難道這就是緣份
上天賜給偶們的机会……
偶們好合哦!
心花朵朵開……
真命天女再度出現
可以開始規劃未來了嗎?
EYE LOVE You
小心詐騙集团
……你太嫩了啦.
还沒見面前,先別想太多.

裝忙
之前还說要
一起出去玩
瞬間突然就有
事了……
8km
10KM
情人橋
呵呵，這麼巧？
我表姊結婚
臨時缺伴娘，再聊囉…
BYE！
♥內心OS：糟了，快閃
裝生疏
我在減肥喝水就好
不是說要燭光晚餐？
明明平常話超多
見到面完全沈默
場面冷到爆
裝沈默
♥內心OS：讓你覺得尷尬就会快点失望！
SHOP
COFFEE
LOVE
為了全身而退
不惜破壞自己形象
是同一個人嗎？
裝笑維
♥內心OS：犧牲小我完成大我
oh，耶
妳祖媽超High的！

小祿的覺悟
咦，這是之前聊的
那個人嗎？怎麼差
那麼多？
不是聊得很開心嗎？
網路果然是虛幻的
還說粉喜歡偶！
這就叫做「給你
台階下」，懂了嗎
說變就變
偶有那麼糟嗎？
心碎中
偶又受傷了啦……
都是因為她不喜歡偶啦！
現在才明白，原來那些怪怪的舉動

886
偶有事先走啦！
線上保持聯絡囉
感結不封，那就
你不是偶的菜．
EYEBA
阿月米粉湯
HOTEL
O.S
約在這裏，其中必有詐
這年頭先講先贏
喘到滴汗
心碎的礼物
O.S
好險，逃过一劫
不过她也太敢講了吧！

GNN記者在這裏為大家訪問一名網路交友的心聲
2009真心換絕情年度代言人
GNN
LOVE
網路沒真愛啦！還偶真誠的心啦，還偶單純的歲月啦…
哪有，我就有找到真愛！
想太多
又不是第一次
他瘋了嗎？

再上線了……
电腦，我永遠都不要
我永遠都不要再碰
我要把电腦埋起來
賭氣中

再試一次
最後一次了啦
在回家的路上，遇到網咖就不自覺的走了進去……

喝囍酒最怕遇到……
過了20歲以後，就開始要自己包紅包參加囍宴啦…
沒看錯吧只有1200？
千萬別唸出來價錢！
繳交紅包時，馬上被拿出來桌閱，後面還有人在排隊，粉歹勢吧……
今天的菜色怎麼這麼沒爆桌呀？
孤單
看起來很辛酸….
喝
喝
喝
喝
一直被敬酒，偶又不是新郎？
說是6点半準時開席，現在都8点半了呀…..
等到都想先去外面買麵包.
？
？
？
要問幾歲呀？
每個人都要問：你什麼時候請大家喝喜酒呀？
「我哪知道呀！」
新人一直在玩
一種「性虐待」的遊戲：

在收到請帖的同時就自動棄權啦！

幾次之後，偶就開始害怕這種場合

囍
又有好吃的，又可以打包，
如果再不用包礼金，
我真想天天参加喜宴

真的去了又好想快閃的小祿

祿

當小祿覺得此單元已結束
而正要準備換頁下班的同時…

你以為小配角就好欺負嗎？
菜色不好？那你自己花錢去弄吃啊！想太多
你們以為我愛玩那麼低俗的遊戲呀？我也是千百個不願意
你不結婚被追問關我屁事呀！
晚開席都是你們太愛遲到，我比你還想回家吧！
有人礼金包超少，還給偶全家總動員！
委任律師
抗議不平衡報導之媒体記者會
我也覺得小配角勢力不能忽視
卡通人物意見還真多

一個人．是孤單还是自在？

買醉
沒朋友嗎？別人会覺得我
乎乾啦
一個人吃飯可以很心酸.
想吃什麼就叫什麼
一個人吃飯也可以很幸福!
一個人旅行可以很無趣.
想去哪裡就去哪裡
一個人旅行也可以很享受!

只有孤單陪伴偶
孤
一個人在家可以很孤單.

一個人在家
也可以很自在!

一個人單身 可以 很悲慘
「愛情想太多」男女主角
大駕光臨本書

友誼萬歲!
乾啦!
知音難尋!
YA!
一個人單身 也可以很爽快!

含著淚說：這裡永遠是你們的家！有空常來啊！
一定一定，來這裡是我的榮幸！
卡哇伊♥
好有心哦！
哇！水晶獎座
惠我良多
惠我良多
（內心O.S：跩個屁，我這本的銷量一定比你們的好，信不信）
30cm
（內心O.S：要不是作者硬把我畫進來，我才不屑到這本書裡，沒質感）
（內心O.S：見鬼了，這個獎座真是醜到爆）
GNN
為了感謝「愛情想太多」男女主角特別跨刀站台本書，副理事長特別致贈獎座給他們二位！場面超感人

# 1 小時後……

以上故事告訴我們，
這個世界是殘酷的，
就連卡通人物的世界也不例外！

# 我又失眠了

可以控制的叫熬夜，

不能控制的叫失眠！

上網跟熬夜是最佳拍檔。
EYE LOVE You
看电視也是熬夜的大功臣。
當然就繼續熬囉！
吃完宵夜，精力旺盛
唱歌到天亮才爽！

講电話也可以熬夜，怕了吧！
是最神聖的熬夜理由.
用功唸書
數羊，睡不著！
9999
快点數啦，偶要下班去睡覺了啦.
睡不著！
聽情境音樂，吵到
SLEEP

喝熱牛奶，還是睡不著。
喝幾杯才夠？
MILK
點薰衣草精油
怕失火，睡不著！
薰衣草 佛手柑 都可助眠
壓力大可泡洋甘菊茶（最佳時機是睡前2小時喝）
看冷門又生硬的書，
痛苦到睡不著
看著看著，漸漸愛上這本難看的書了……
地質分析
戴上漆黑眼罩
看不到也睡不著！
有鬼嗎
怕怕

老實說，
我也不喜歡熬夜
錯过 11:00~1:00 的美容觉時間，
很傷皮膚吔.
虐待童工，我告你！
靠，自以為是聖誕老人
老子可不是鹿！
偶最認命，因為職業不分貴賤，
和氣生財囉！

# 最慘的第一名

# 莫过於熬夜後竟然大失眠！

公文
卷宗
身心俱疲

明明我就粉努力
卻又感到粉無力，這到底
是怎麼回事啊？

福祿壽
速效膜衣錠
不刺激胃
8錠
比一般福祿
2倍

，趕走頭痛時間

# 偶要瘦 偶要瘦啦！

可能是衣服太重了！
啊，因為我剛吃飽量！
這台秤不準！
其實心裏有種心酸的感結，自己竟然也列入了胖的「圍度」，慘！
站上去的前一秒，还以為自己瘦了
偶沒看錯吧！

# 這橋段不停地上演

我想這次是真的胖了……

零食也是發胖的原因，我要遠離你們！
(好想打開它！只吃一顆就好)
卡好吃
一天只吃一餐，
(有可能嗎？)
2008
5月
8
餓
不再喝水以外的任何飲料，
(冰也都不能吃。那夏天要怎麼度過啦。)
最香的油炸類小吃們，不要拋棄我…
正餐可以不吃，小吃類真得粉重要…
台灣第一家
你不吃我這家也是會吃別家的啦！不如乾脆一點，吃我家的

如果哪天我变成了紙片人
那会比較好嗎？
我看是没比較好
這裡是飢餓30？
我有來錯地方嗎
胖胖比較可愛
还是短短
大頭貓
好像火柴棒走秀
身体像竹竿
頭那麼大
人要認命
不斯胡

# 別人的都比較好!

自然捲不是病
捲起來要人命
奇怪
外國人就捲的很帥？
遇到下雨，吹直的頭髮又破功
吹直搞很久
每次出門前都為了
離子燙可以暫時撐幾個月，但很傷髮

直髮的人卻總是
想燙捲
直髮好沒樂趣哦

海灘男孩
偶是
當白斬雞
偶不要
日曬机也可以
黑，但是很傷身
此乃沖浪板
非牛舌餅也
竟然被畫進來？
真衰，連這裡日光浴


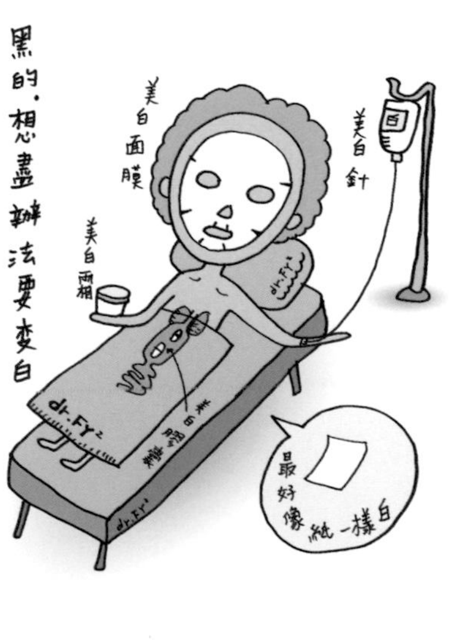

黑的，想盡辦法要變白
美白面膜
美白針
美白面霜
美白膠囊
dr.Fy²
dr.Fy¹
最好像紙一樣白

恨天高
無意義的小高帽
20cm
35cm
偷塞假髮
不合理的高度
30cm
40cm
神奇增高靴幾乎是一條腿的長度
※原身高145＋作弊95＝240cm

30年後的聚会…
應該會很詭異吧？
年輕時的名模，進入了銀髮族的世界
180cm的阿嬤
我們先聊好了
還有一位沒來嗎？
要等她嗎？

胖胖的女生，就算很可愛也堅持要變瘦
瘦是唯一
瘦是王道
戰
戰
明明就還好

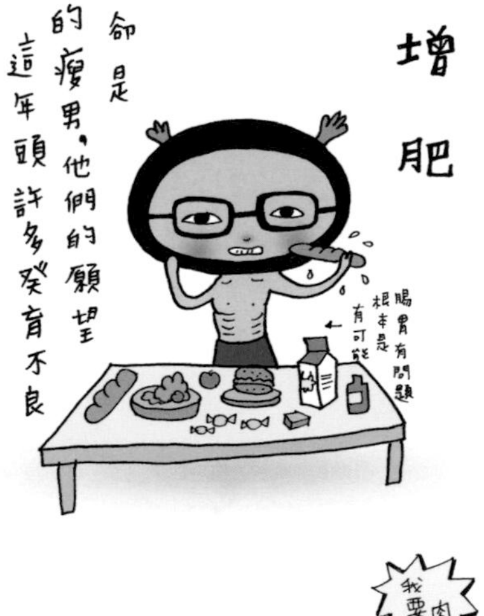
增肥
這年頭許多發育不良的瘦男，他們的願望是命
腸胃有問題根本是有可能
我要肉

我要當貴婦
可以坐大轎車，可以穿皮鞋
好羨慕有錢人哦！

不斯胡
虛偽
的歲月，就算沒錢也好快樂哦！
真希望回到年輕時候那種單純
做作鬼
假惺惺
嗯

直徑35cm
我們的大頭，希望跟偶一樣
（內心O.S：一定有小頭的人也羨慕）
会粉貴嗎？
有人做「縮頭手術」嗎？
可是我仍然希望可以把頭变小
雖然粉多人說頭大粉可愛

等無人
不好意思，完全找不到對照組，因為沒人想要把頭变大……（糗）

# 三千煩惱絲

長大後，終於知道這句話的意義了

長也煩，短也煩
細也煩，粗也煩
多也煩，少也煩
直也煩，捲也煩
白也煩，黑也煩
E
福

角色交換大典
謝謝粉絲的支持，我終於
從B咖躍身成為男主角了♥
要昇天了
GNN
實在是因為這篇講的
是頭髮，本人無法勝任啦！
(不然怎麼可能讓你
這个呆子演主角)
B咖出頭天了
戲棚下站久就是你的
我也想演戲
第一次採訪這種
蠢事
藝文界好黑暗

每個人都有頭髮，但都不滿意自己的頭髮？

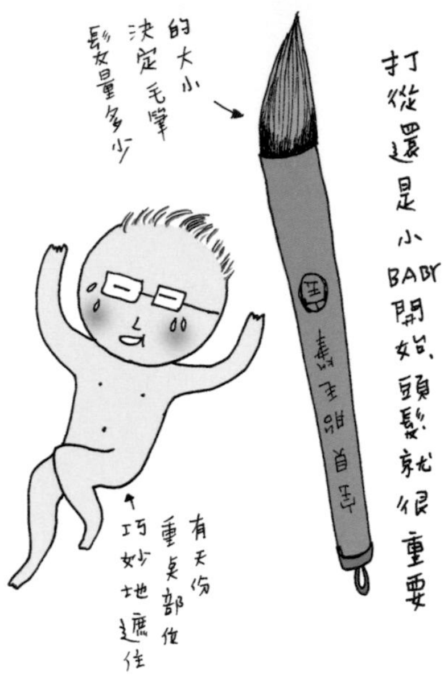
打從還是小BABY開始，頭髮就很重要
髮量多少決定毛筆的大小
巧妙地遮住重点部位有天份

以前的中學生是有嚴格的髮禁的，當時規定…
男生留平頭，不得奇形怪狀（呆）
女生不得燙、染髮
髮長不得超过耳根（醜到爆）
現在幾乎沒有這種規定了

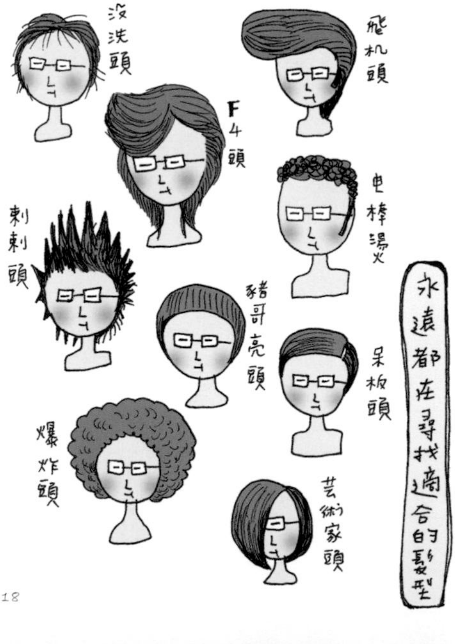
沒洗頭
飛机頭
F4頭
刺刺頭
电棒燙
豬哥亮頭
呆板頭
爆炸頭
芸術家頭
永遠都在尋找適合的髮型

压力过大或到了一定的年紀
開始有禿頭的危机，想盡辦法大搶救
地中海
M 麥當勞禿
當然也有很多是遺传的
我已經放棄了，直接戴假髮，
很怕被發現

潤髮乳、染髮劑、生髮水、假髮……
在尋找適合自己的髮型師、髮型、洗髮精
**天啊**！我們一輩子當中究竟花多少時間

Hair
淨重50kg
髮
目標?
真相大白……
是因為這篇很難賺
原來会跟我交換角色

所以說，「直接戴頭套最省事了」

# 美女發生哪件事会最糗?

講了很久的話，門牙上都黏著韮菜。
刺出一支鼻毛
有水準的散文書
不是好惹的韮菜真的
喜劇

從廁所出來之後裙子就一直卡在內褲上。
自以為眾人目光都会在這個名牌包上
悲劇

逛了一整天的街，回家才發現衣服的吊卡一直都在背上。
鬧劇

眾人目光焦点的陽光美少女竟然忘了刮腋毛。
笑容燦爛的腋毛們
笑劇

# 偶 就是愛面子

偶要大力給它……
如果不用怕丟臉

屁屁突然癢々的時候，可以用力拉內褲，奔放的抓!
塞牙時，馬上直接用手來挖牙縫，不用忍耐，也不用偷々用舌頭弄.
空心菜跟雞肉超会塞牙縫的
韮菜也是狠角色……
盡情的用食指用力挖鼻孔，邊挖邊看成績如何?
挖到大顆的粉開心♥
用力放出屁來，不管有多大声，有多臭愈大声愈有成就感!
噗

♥愛面子家族的心聲

在意的人，更慘！
P.S 萬一門外是自己
聽到都粉丟臉地
只要被外面的人
是噗通…砰…灂…聲
外面有人，不論
那就是上廁所時
這情況也超糗的，
還有還有…

然後希望在大完之後，出來
不会遇見其它人，不然就
是讓對方覺得自己只是來洗手

所以你是那種連出門
倒垃圾都会美美的出現
的那種人嗎？

形象粉重要
在任何時候，都孑能破功
我也是啊
做作の垃圾
陸軍

這種人在光鮮亮麗的外表下，當回到自己家的時候，極有可能会是這樣地……

（P.S 雖然亂到爆，但看得出來此人有不少具品味及設計感的東西，並非流浪漢）

# 偶怎麼那麼会吸味道啊？

每次去那些現煮的店吃東西，吃完身上就有一種揮之不去的異味！噁*

已經刻意坐到最角落，還是免不了這結局！
尤其是「燒烤店」是最最最恐怖的第一名
偶喜歡這味道
烤
烤
烤
烤
巨大保鮮膜也沒用
★★★★
★恐怖指数：4顆星★
我們是花香小宝貝…
滾開☆
科学家快幫忙想個辦法啦！
日本有出一種噴在頭上或衣服上的，聽說一噴臭味全消！
你好，你剛吃燒烤嗎？
糗了，
E
接下來萬一还有工作或会客，那就慘了....

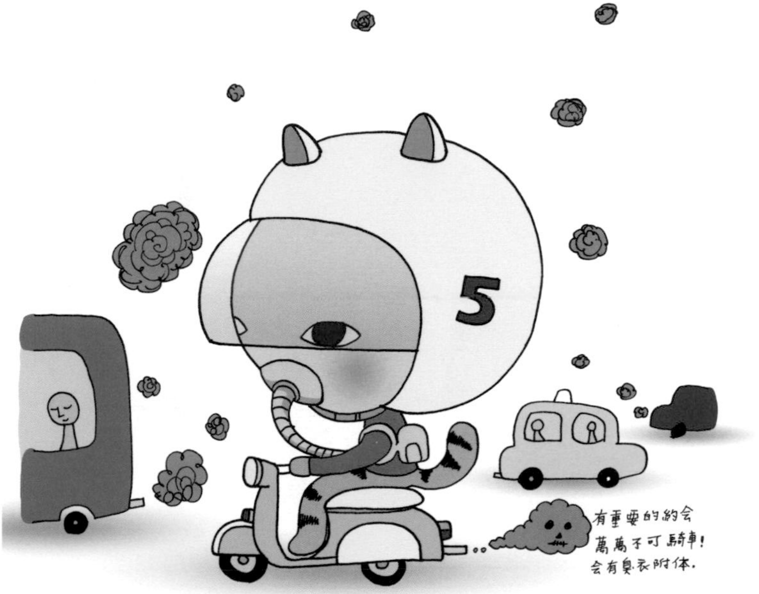
5
有重要的約会
萬萬不可騎車!
会有臭衣附体.

还有一種情況也很嚇人,
那就是騎完車後身上的油煙味……

還有一種人也很恐怖
香水噴超多的，連他
剛經过的路徑都有
味道，超強！
福爾摩貓
香
香
凡走过必
留下痕跡

他香水是用批發價
買的嗎？还是去天水路買
原料，不然怎麼用這麼兇
應該不是用噴的
可能是全身泡在
香水裏…
嫌犯
香

整個空間都是他的臭香水
果然沒聞錯，就是這個味，
停止呼吸數十次
內心悄悄覺得自己是萬人迷

要香香的
不公平，我也
留下，不公平
味道都沒有
頭跟身体一点
我每次洗完澡
味道的人勒
羨慕会吸
說，我才超
我有話要
GNN
也是剛洗完澡出門，玫瑰花香，很娘
蒐集各種香味的沐浴精
完全不吸味道的肉体
浪費

企朋友家突然發現自己的腳粉臭超糗!
「萬一是去喜歡的人的家裡……媽呀!」
當第一時間發現自己腳臭時，一定要馬上鎮定(切記)
咦?什麼怪味道?
我沒聞到吔…有嗎?
趁主人沒注意時，趕快把臭襪子塞入鞋內
當然臭的可能是腳本身!
趕快藉上廁所之名，用大量清水及沐浴乳清洗!
怎麼水声那麼大?你在洗澡嗎?
P.S 不要用味道太明顯的沐浴乳 会被人發現!
為求保險起見，可以用大量的抱枕，掩護可能还是臭的双腳…..呵….

有可能是 腳本身有生病
要去看皮膚科啦!
有可能是襪子本身是爛貨,
根本不吸汗(有一種5趾襪,聽說有效?)
有可能是鞋子太爛了,
尤其是布鞋,超容易臭的.
有可能根本就是你自己
太髒了,腳臭+鞋臭+襪子臭!
建議你還是別出門吧!
GNN
GNN記者為您採訪報導....
偷偷告訴你們…
醫生自己腳也超臭
偶是權威!

# 你每天都要來一杯嗎？

每天都要喝一杯，都要回答店員一樣的問題。

如果可以不用吃飯，只喝飲料，那該有多趣！
現代人生活必須品之一
86°C
害我一直喝，一直喝
大太陽是幫兇，
喝水最好
50嵐

那不喝會覺得自己不合群嗎？

吸煙有害，請勿模仿
我每天都要
抽一包煙，數十
年如一日，持之以恆。
妳高兴就好示範
我每天睡前都要一片面膜
保濕兼具延年益壽的功效。
美
我每天都自己打一杯
養生的精力湯
粉健康吧！
其實很難喝
開始覺得自己愈來愈有
師姊的感結
优良示範
錯誤示範、離題中
我每天都一定要玩線上遊戲，比上班还重要
不睡覺也甘願！
拼
這位先生你離題
了，我們問的是每天
必吃的東西，你這樣
我要報警抓人欧
GNN

不論什麼東西吃多了對身体都不好，所以各位要好自為之啦
記者為您採訪到一位号稱是医学博士的專家，針對這個話題，做『深入』的剖析
←突然覺得好像問錯人，後悔中
GNN
←抽煙、敷面膜、玩魔獸
（訪問完我要趕快回家）
所以說：『喜歡一個人不要太喜歡，剛剛好就好，以免無法自拔，是這個意思嗎?』
举一反三中

# 簡訊力量大

簡訊傳個不停……
跟你好的時候……

分分秒秒都期待
簡訊鈴声响起的
那一刻……♪

一有對方傳來的簡
訊就超開心，然後
用最快的速度回訊。

就算旁邊的人都在瞪偶，呵…
再忙，也要傳回去
談戀愛！
可疑？

又回傳了，又回傳了，就
這樣傳來傳去，一些沒意
義的話也覺得粉美妙！
還会重覆一直看，捨不得
刪掉它！

後來不好了，簡訊
就变成「鬼來电」怕怕!!

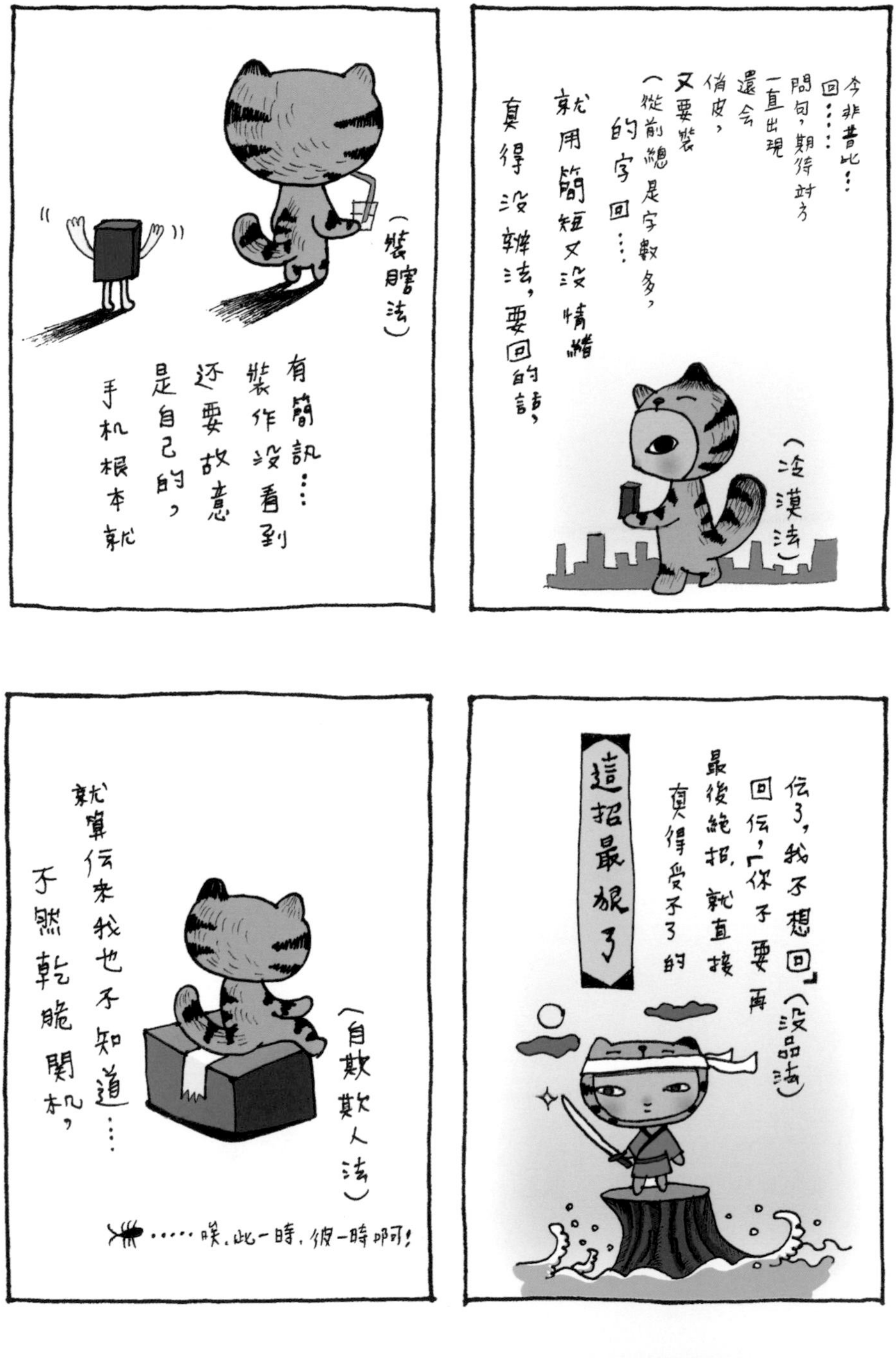

有簡訊……
裝作沒看到
还要故意
是自己的，
手机根本就
（裝瞎法）
今非昔比！
回……
問句，期待對方
一直出現
還会
俏皮，
又要裝
（從前總是字數多，
的字回……
就用簡短又沒情緒
真得沒辦法，要回的話，
（冷漠法）
就算信來我也不知道……
不然乾脆關机，
（自欺欺人法）
……唉，此一時，彼一時啊！
信了，我不想回』
回信，「你不要再
最後絕招，就直接
真得受不了的
這招最狠了
（沒品法）

# 真的是「想太多」

粉奇怪吧，為什麼大家
都費這樣想呀？

穿娃娃裝，懷孕了哦！

天天戴子，一定是遮禿頭！

有傳染病還出門趴趴走！

穿這麼辣，一定不是好女孩！

胖，就是太会吃了啦！

長命百歲是件好事嗎?

屁啦！永遠都保持年輕有魅力，感結比較炫啦！
到底幾歲啊？
看不出來
皮膚超好的
實力與外貌兼具
不老妖精嗎？
應該有打肉毒桿菌

牛伯伯
五大影業公司創華鉅獻
老戲院懷舊餐廳
警察
今日放映
售票口
沙茶火鍋
燒肉
249
吃到飽

三洋影業公司創業鉅獻純情純愛超級文藝鉅
黃昏故鄉
營業中

題外画
有這麼好奇嗎?
媒体記者会
FU
委任律師
疑似鹿茸酒
壽桃被吊包?
大福出現
老天祿出現
福
祿
壽
有問題要問我嗎?
有問必答哦.
緋聞也OK!
....我也可以問....
記者在知名偶像天团福祿壽的記者会上,為您做深入的特別報導,我們看看其它同業都問什麼鬼問題?
GNN

中大
TYBS
3粒
冬森
EYE
大福你每天都戴帽子不会熱嗎？
小祿你一個月賺多少錢？
講個別人的八卦聽々
阿春你怎麼都不談戀愛
你幾歲呀？
你私底下都……？
你是GAY嗎？

為什麼每個人都在好奇別人的私事呀？
戲棚下站久就是我的，終於被偶
當上第一男主角
委任律師的小小心声
私

小姐，你愛上我了嗎？不然為何怕我是GAY？
我就是高興天天都戴帽子
我会不知道熱嗎？管太多
你只好奇這些事嗎
偶可以都不回答嗎？
你要報警抓偶嗎？
不談戀愛不行嗎？
我不結婚的話……你会很痛苦嗎？
賺少你要包養我哦？
賺多要分給你嗎？
我幾歲？這對你粉重要嗎？戶口普查嗎？
我就叫王大福，今年18歲，你相信嗎？
這世界沒其它事讓你好奇嗎？宇宙有多大，不想知道嗎？
Fu
福
疑似鹿茸酒
E

這世界沒其它事
讓你好奇嗎？
宇宙有多大
不想知道嗎？
隨口一句搏版面！
無心插柳柳成蔭？
百科全書
E
尋常的反應
此人即將有不
請注意
冒冷汗
是太虛了嗎？
沒見过？
可疑人物
棒哦！
主人，你好
不紅了就是這樣⋯
唉，藝界人生
這句話竟然出自阿寿的口中，真是讓人「跌破眼鏡」讓我們再重播一次吧！
GNN
作者喝？
有包紅包給？

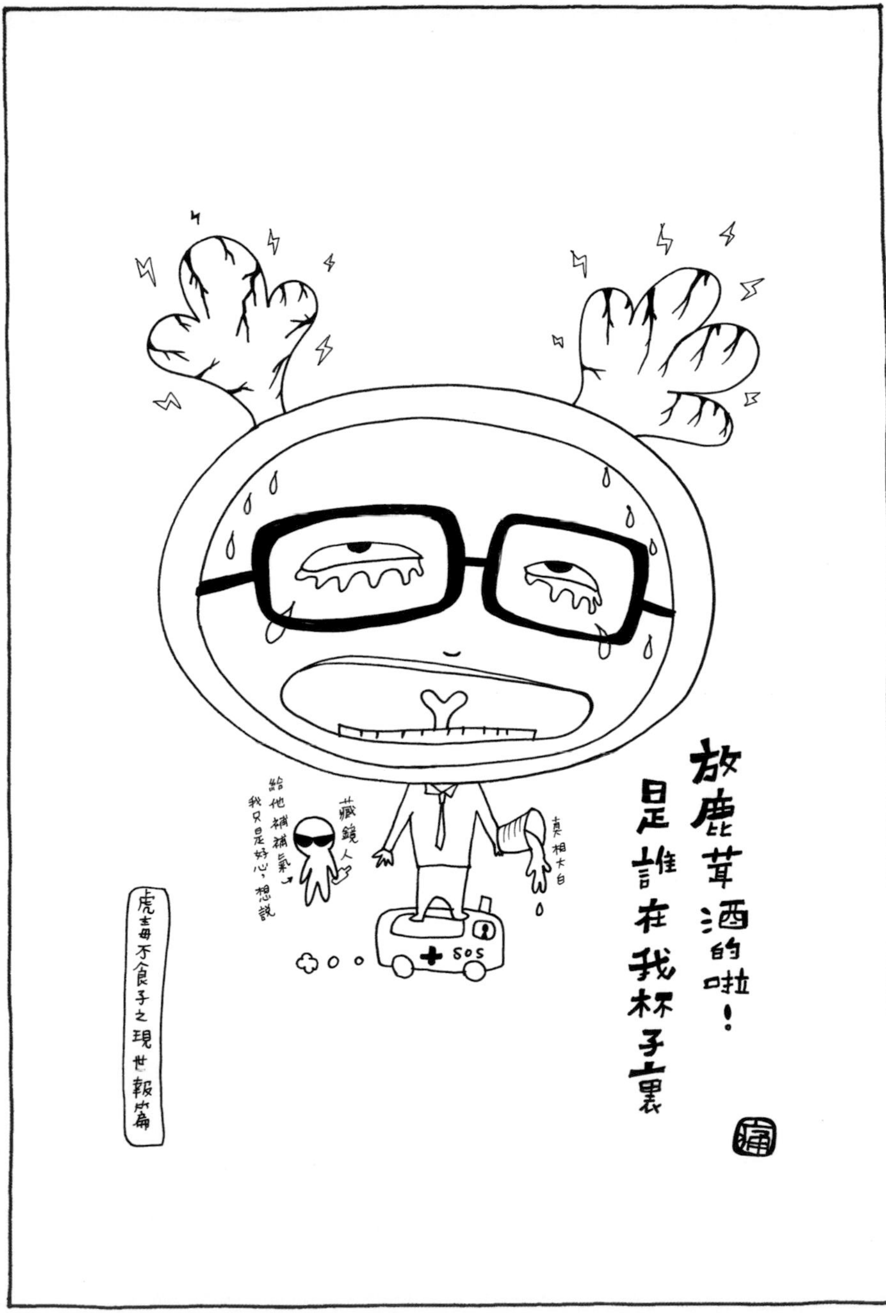
放鹿茸酒的啦！
是誰在我杯子裏
痛
真相大白
藏鏡人
我只是好心，想說給他補補氣
SOS
虎毒不食子之現世報篇

題外画
女粉絲的疑問
GNN記者為您採訪到一名女性粉絲
GNN
前面人物介紹不是有說，這隻狗会咬变成大福的男主角，怎麼都沒演出來？是欺騙觀眾嗎？还是想用續集來吊胃口？
LOVE
消基会代表
要調查一下
宗教界代表
甘温
輕熟女代表
把人交出來
EYE BALL
怪咖界代表
?
BAT

租
LV
記者為你追蹤到了正在回家路上的大福，我們聽聽看他的說法
GNN
FU
有讀者問你為何遲遲不交代你被狗咬的經過，是不是有什麼難言之隱
福
沒什麼好說的
不行啦你還是要發表一下啦
他也跌了一跤跟很多明星一樣
疑似香蕉皮
Fu
為什麼你們都要問這種不想回答的爛問題
过去的都过去了，我現在很平靜，平常上班，唸MBA
假日做慈濟志工……
吃有機蔬菜……
只喝水……
不熬夜……
跌倒之後，一定要變成慷慨激昂
24H

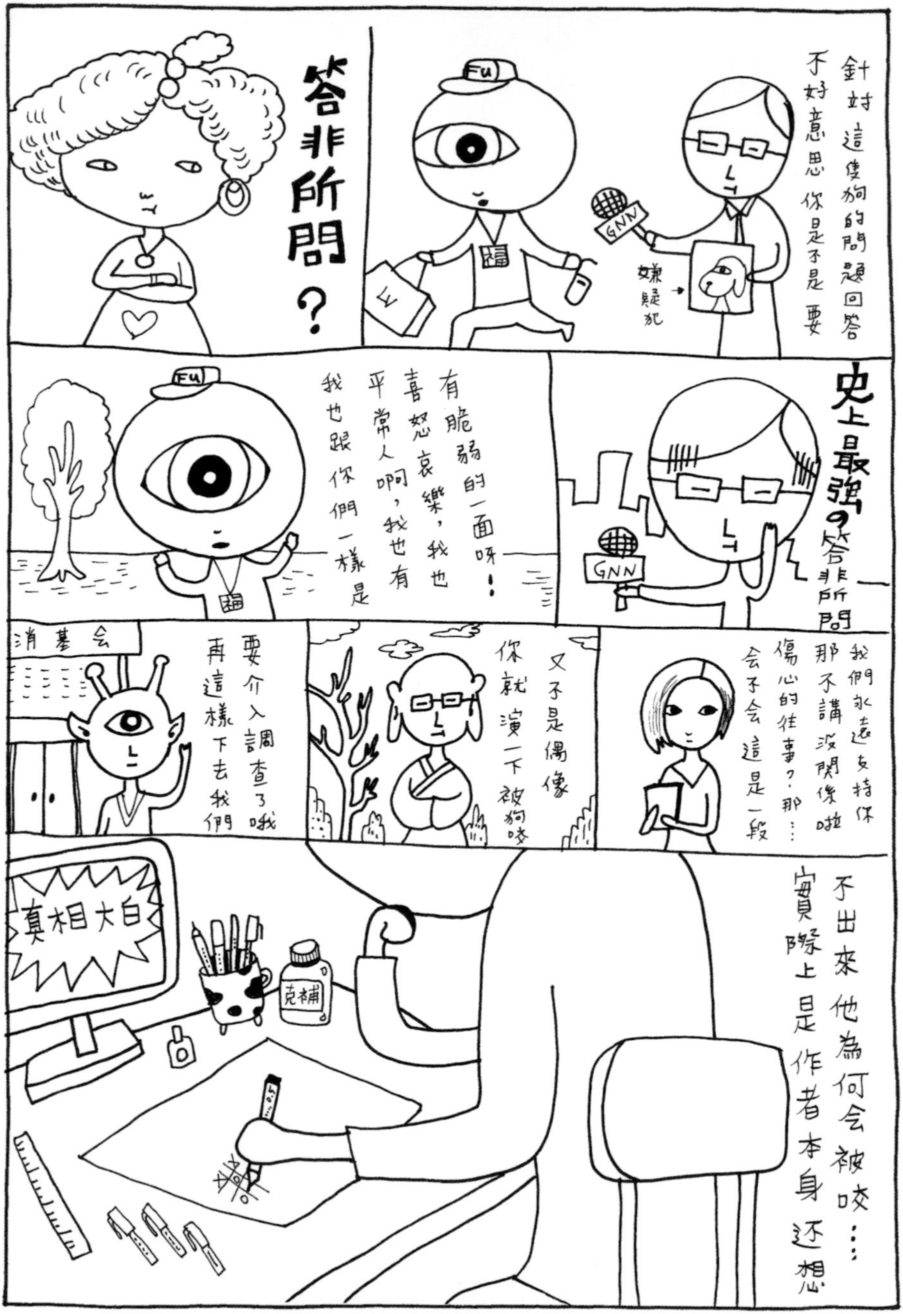

答非所問?
FU
福
GNN
針對這隻狗的問題回答
不好意思你是不是要
嫌疑犯
有脆弱的一面呀!
喜怒哀樂,我也
平常人啊,我也有
我也跟你們一樣是
史上最強の答非所問
GNN
消基会
要介入調查了哦
再這樣下去我們
又不是偶像
你就演一下被狗咬
我們永遠支持你
那不講沒關係啦
傷心的往事?那…
会不会這是一段
真相大白
克補
不出來他為何会被咬…
實際上是作者本身还想

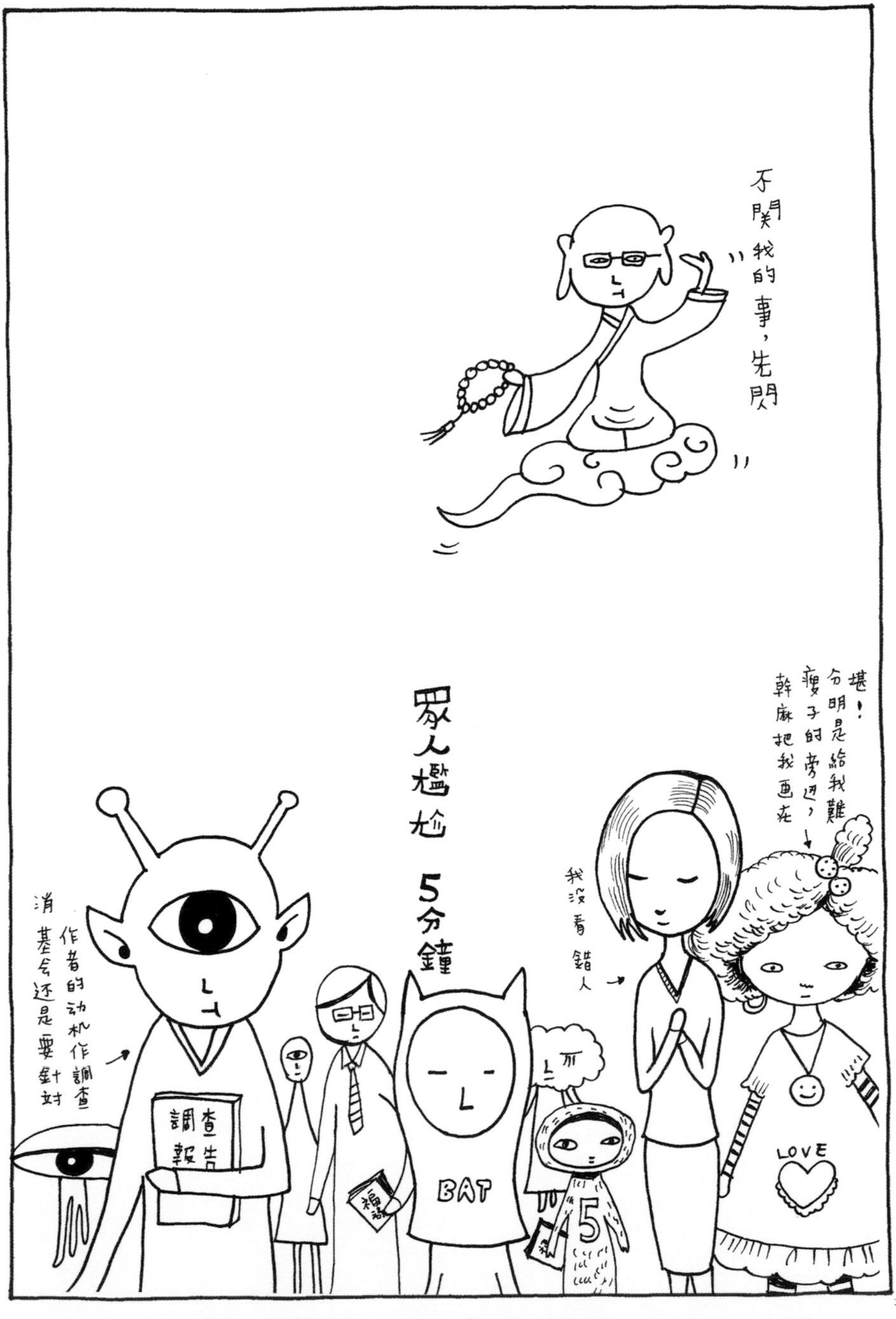
不關我的事，先閃
眾人尷尬 5分鐘
幹麻把我畫在瘦子的旁邊，分明是給我難堪！
我沒看錯人
消基会还是要針对作者的动机作調查
調查報告
BAT
5
LOVE

COLORFUL 020

福祿壽一有粉難嗎？

作　　者／眼球先生
責任編輯／何宜珍
美術設計／吳美惠
美術協力／翁怡瑩

發 行 人／何飛鵬
法律顧問／台英國際商務法律事務所 羅明通律師
出　　版／商周出版
臺北市中山區民生東路二段141號9樓
電話：(02) 2500-7008
傳真：(02) 2500-7759
E-mail：bwp.service@cite.com.tw
發　　行／英屬蓋曼群島商家庭傳媒股份有限公司　城邦分公司
臺北市中山區民生東路二段141號2樓
讀者服務專線：0800-020-299
24小時傳真服務：02-2517-0999
讀者服務信箱E-mail：cs@cite.com.tw
劃撥帳號：19833503
戶名：英屬蓋曼群島商家庭傳媒股份有限公司城邦分公司
訂購服務／書虫股份有限公司客服專線：(02)2500-7718；2500-7719
服務時間：週一至週五上午09:30-12:00；下午13:30-17:00
24小時傳真專線：(02)2500-1990；2500-1991
劃撥帳號：19863813　戶名：書虫股份有限公司
E-mail：service@readingclub.com.tw
香港發行所／城邦(香港)出版集團有限公司
香港灣仔駱克道193號東超商業中心1樓
電話：(852) 2508 6231
傳真：(852) 2578 9337
E-mail：hkcite@biznetvigator.com
馬新發行所／城邦(馬新)出版集團
Cite (M) Sdn. Bhd. (45837ZU)
11, Jalan 30D/146, Desa Tasik, Sungai Besi,
57000 Kuala Lumpur, Malaysia.
電話：603-90563833
傳真：603-90562833

印　　刷／鴻霖印刷傳媒事業有限公司
總 經 銷／農學社
電話：(02)2917-8022
傳真：(02)2915-6275

行政院新聞局北市業字第913號
2008年（民97）11月04日初版
定價260元

ISBN 978-986-6571-37-4（平裝）
Printed in Taiwan

國家圖書館出版品預行編目資料

福祿壽一有粉難嗎？／眼球先生 圖.文.
——初版——臺北市：商周出版：
家庭傳媒城邦分公司發行, 2008.11
面；　公分.——（Colorful；20）

ISBN 978-986-6571-37-4（平裝）

855　　　97016443

城邦讀書花園
www.cite.com.tw

『苦中作樂』也不是件容易的事吧！
看到這裡，你是不是也有這種感結
我粉甜
呵呵…
還不懂生活有什麼苦悶
的学齡前幼桃→

那「喜」跑企哪裏啊?